Ta Książeczka Należy Do:

Tę książeczkę dedykuję mojemu pierwszemu ukochanemu wnuczkowi, Jake'owi, z nadzieją, że pozna język polski i przeczyta ją sam któregoś dnia.

Autor
Janina Czarnecki

Ilustracje
Jessica McMilleon

Dzisiaj głośniej niż zwykle w lesie.
Zawody! Zawody! — echo niesie.
Żabia rodzina wzywa do walki
Iglaste stworki – jeże mądralki!

W tym samym lesie, na polanie,
Małe świergotki jadły śniadanie.
– Czy ty słyszałeś, Kado,
W lesie będzie Olimpiado.
– Oj, Mado! Mado!
Nie Olimpiado,
Tylko Olimpiada.
Co też Mado opowiada!
– No dobrze, Kado, Olimpiada,
Ale to świetnie się składa,
Mamy okazję zdawać relację,
Taką na żywo... Ha, teraz ja mam rację!

A na polanie...
Wielkie zamieszanie!
Trzy żabki: Midi, Kedi i Tudu
Rechoczą od rana — wygramy bez trudu!
Są też dwa jeże. Nie ma trzeciego?
Jest spóźniony, czekają na niego.
Jak tylko dotrze do leśnej polany,
Jedno jest pewne — będzie dodany.
Mamy dwie grupy: jeże i żabki.
Brawo! Witamy! Klaszczemy w łapki
Na powitanie sędziego i zawodników
Oraz leśnej imprezy zwolenników.

Sędzią jest bocian, bardzo mądry ptak,
Który z wielką powagą przemówił tak:
– Dzisiaj mamy zawody.
Pierwsze są skoki do wody,
Po czym będzie pływanie.
Tak, to będzie na drugim planie.
Krótka przerwa, a po niej jazda na rowerze.
A może zawodnik sam pojazd wybierze?
Taki jaki lubi, szybki czy powolny,
Tak jak powiedziałem — wybór jest dowolny.
A na koniec hokej, gra na polanie.
Życzę powodzenia! — zakończył klekotanie.

- Ojejku! Jejku! — krzyczy Mado -
- Już zaczynają, pośpiesz się, Kado!
Lądujmy tutaj, tu przy tym stawie,
Coś tam się dzieje w zielonej trawie.
Przy lądowaniu wolniej śpiewają,
Kończąc swą pieśń, na ziemi siadają.
- Ale tu prawie nic nie widzimy,
Chyba że wyżej polecimy.
Wtem Bocian machnął skrzydłem tak,
Jakby to był już otwarcia znak.
Stojąc przy stawie z boku, ale na widoku,
Zapytał jeża i żabkę – gotowi do skoku?
Jeśli tak, to zaczynamy,
Olimpiadę otwieramy!

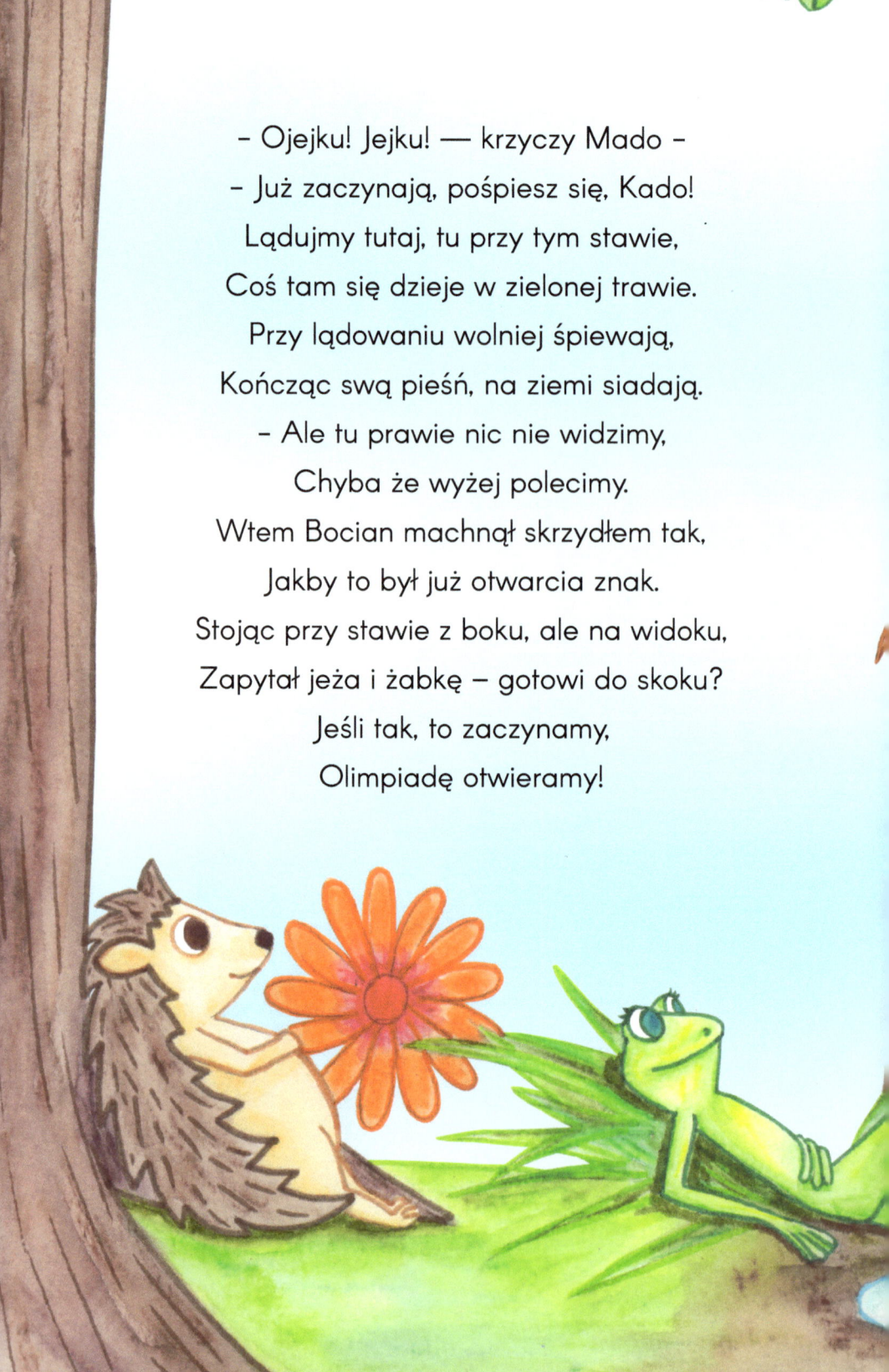

Prosimy o duże brawa,
Zaczyna się sportowa zabawa!
Pierwsza skacze Midi – żabka.
Dla niej to jest mała gratka.
Na kładkę wskoczyła, łapki ułożyła,
Z gracją skok oddała i nas pożegnała.

Widząc to, jeżyk się rozpędził,
Coś pod noskiem sobie zrzędził,
Ale szybko w kulkę się zwinął,
Plusk do wody, z oczu nam zginął.
Midi zaraz wypłynęła,
Na brzegu dumnie stanęła.
Chwilkę poczekała.
– A gdzie jest jeżyk? — zapytała.
– Jestem! Jestem! — krzyczy jak burza
I główkę z wody wynurza.
Jak zawody, to zawody,
Jeże też skaczą do wody!

Sędzia Bocian daje znak i powiada tak:
– Skoki do wody zaliczone, zaraz będą ocenione.
Po chwili dodał:
– Dziesięć punktów dla każdego, czyli remis.
Mam rację!
Przechodzimy do etapu następnego,
Moje gratulacje!

A teraz pływanie, ale kajakiem...
Pod wielkim zapytania znakiem!
Tym razem Kedi – żabka – popłynie,
Która ze swojej szybkości słynie.
Jeżyk zaś słaby w wiosłowaniu,
Nie wie, czy podoła temu zadaniu.
I tak, jak myślał, żabka prowadzi,
Choć jeżyk też nieźle sobie radzi.
Naraz widzimy, kajak z jeżykiem
Wyprzedza żabkę, co jest ryzykiem.
Lecz warto było, pierwszy jest jeż.
Nie tylko pierwszy, ale wygrał też!

Czas na wyścigi — woła Mado -
- Ojoj, nie ma trasy! Spójrz, Kado!
Muchomory stanęły bez wahania,
Tu będzie trasa do przejechania.
A rydze ustawiły się w rzędzie
I pouczały — tutaj meta będzie!
Nawet i ptaszek ruchem kieruje -
- Fiu! Fiu! Tędy... — drogę pokazuje!
Jeżyk pojechał na deskorolce,
Jest mu tak wygodnie, bo ma kolce.
A żabka wybrała jazdę rowerem.
Och! Jak to dobrze, że nie skuterem.
Na całej trasie się wyprzedzali,
Wygrać wzajemnie sobie nie dali.
W końcu znaleźli się na mecie
W tym samym czasie i... w duecie.

Ostatni etap – Jeja! Jeja!

Żabki i jeże grają w hokeja.

Ciekawe, kto ile bramek zdobędzie,

Gdyż bramkarzy w nich nie będzie.

Każdy zawodnik ma nowe zadanie,

Ma bronić bramki, nie tylko granie.

Przypominamy, to gra w zespole,

Wszyscy odgrywają ważną rolę.

Żabki z ogromną pasją zagrały,

O wyzwaniu jeży zapomniały.

Mimo że remis, nie było złości,

A wręcz przeciwnie, dużo radości.

...i nadszedł koniec leśnej relacji,
Czas pożegnania i gratulacji.
Bocian z radością otworzył swój dziób,
Podziękował zawodnikom za ich trud
I wszystkim zwierzątkom na polanie
Za ich obecność i kibicowanie.
Nieważne jest, że żabki nie wygrały,
Chociaż tak bardzo tego chciały.
Ważne, że w Olimpiadzie udział brały
I zdrową, sportową walkę poznały!
Widać emocje jeszcze nie opuściły,
Zwierzątka z radością dalej się bawiły.
Mówiły o tym, jakie to było przeżycie,
Które może też zmienić ich leśne życie.
Czego przykładem jest walka żabek i jeży –
– Zostali przyjaciółmi! I kto by uwierzył!

Ale to nie wszystko!
Aby uwiecznić widowisko,
Zwierzątka tablicę zrobiły,
Na której napis umieściły:
Tu odbyły się zawody –
Żabki i jeże doszły do zgody!

Niech to miejsce przypomina,
Że las to nasz dom,
A my — leśna rodzina!

Narysuj ulubioną scenę z książeczki!

Narysuj ulubioną scenę z książeczki!

Narysuj ulubioną scenę z książeczki!

Narysuj ulubioną postać z książeczki!

Narysuj ulubioną postać z książeczki!

Narysuj ulubioną postać z książeczki!

Narysuj ulubioną dyscyplinę sportową!

Narysuj ulubioną dyscyplinę sportową!

Narysuj ulubioną dyscyplinę sportową!

Bajkililjanki.com

www.ingramcontent.com/pod-product-compliance
Lightning Source LLC
Chambersburg PA
CBHW041031170626
46815CB00001B/45